Analyse de l'œuvre

Par Cassandra Gibbons

L'appel du coucou

Robert Galbraith

lePetitLittéraire.fr

Analyse de l'œuvre

Par Cassandra Gibbons

L'appel du coucou

Robert Galbraith

lePetitLittéraire.fr

Rendez-vous sur lepetitlitteraire.fr et découvrez :

Plus de 1200 analyses
Claires et synthétiques
Téléchargeables en 30 secondes
À imprimer chez soi

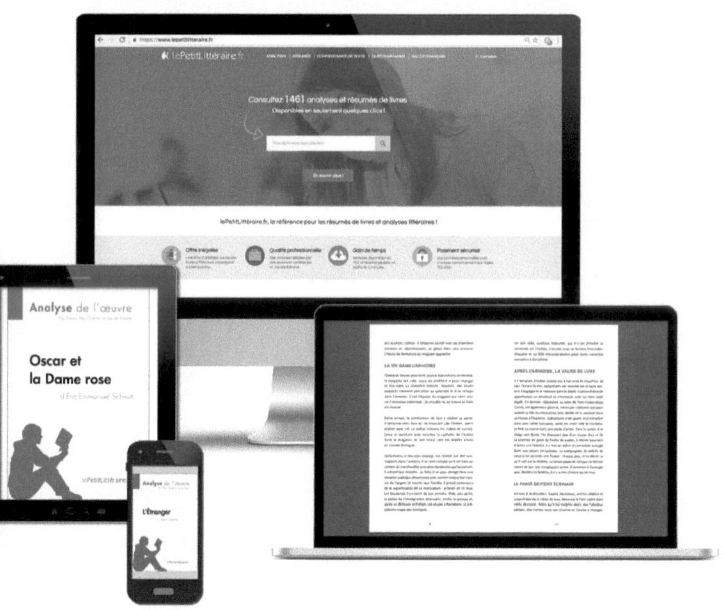

ROBERT GALBRAITH

PSEUDONYME DE L'AUTEUR ANGLAIS J.K. ROWLING

- **Né dans le Gloucestershire en 1965.**
- **Travaux notables :**
  - *The Silkworm* (2014), roman policier.
  - *Career of Evil* (2015), roman policier.
  - *Lethal White* (2018), roman policier

Robert Galbraith est le pseudonyme de J.K. Rowling, qui est surtout connu pour sa série de livres fantastiques *Harry Potter*. Elle est née dans le Gloucestershire en 1965 et a écrit des histoires dès son enfance avant d'étudier le français et les lettres classiques à l'université d'Exeter. Au début de sa carrière, elle a enseigné l'anglais comme langue étrangère au Portugal. Après être rentrée au Royaume-Uni et avoir lutté pour joindre les deux bouts pour elle et sa fille, elle a commencé à écrire ce qui allait devenir la série *Harry Potter* dans des cafés. Au tournant du siècle, elle est devenue un auteur de livres pour enfants au succès retentissant.

Rowling a décidé de publier *L'appel du coucou* et les trois livres suivants de la série Strike sous un pseudonyme afin que la publication de ses romans policiers ne soit pas liée à sa célébrité. Si les ventes de L'*Appel du coucou* ont, comme on pouvait s'y attendre, grimpé en flèche lorsque son nom y a été associé, le livre avait en fait obtenu de bons résultats, tant en matière de ventes que de critiques, sous le nom de Robert Galbraith. Avant que le nom de Rowling ne soit révélé, Robert Galbraith était décrit comme un ancien enquêteur de la police militaire royale, tout comme Cormoran Strike, le protagoniste des romans. Rowling a continué à publier les romans suivants de la série Strike sous le pseudonyme de Robert Galbraith, bien que les couvertures intérieures des livres reconnaissent la paternité de Rowling.

L'APPEL DU COUCOU

UN ROMAN POLICIER

- **Genre:** roman policier
- **Édition de référence :** Galbraith, R. (2013) *L'appel du coucou*. Londres : Little, Brown.
- **1ère édition :** 2013
- **Thèmes :** meurtre, richesse, célébrité, classe sociale, rupture familiale.

L'appel du coucou est sorti sans fanfare, avec des critiques positives pour un auteur débutant. Le véritable auteur a été révélé par le *Times* en juillet 2013 à la suite d'une enquête sur le roman et d'une fuite provenant d'un cabinet d'avocats qui avait travaillé avec Rowling. Le cabinet d'avocats s'est excusé pour cette fuite et a fait un don à l'association Soldiers' Charity après que Rowling ait intenté une action en justice contre lui. La popularité du roman a grimpé en flèche lorsque Rowling a été révélée comme étant la véritable auteure et le roman ont bénéficié d'une plus grande attention de la part de la critique, ce qui s'est traduit par des critiques positives pour la plupart.

Ce roman est un exemple de roman policier de type « whodunnit », dans lequel Cormoran Strike, un ancien détective privé de l'armée, tente de déterminer si Lula Landry s'est suicidée, comme l'a conclu la police, ou si elle a en fait été assassinée. Il est aidé dans son enquête par l'ambitieuse intérimaire Robin Ellacott, qui est ravie de travailler aux côtés d'un détective privé. Le roman suit Strike et Robin alors qu'ils interrogent de nombreux personnages liés à l'affaire et se rapprochent lentement de la vérité.

RÉSUMÉ

LA MORT MYSTÉRIEUSE DE LULA LANDRY

Le roman commence par la mort de la célèbre mannequin Lula Landry, retrouvée sur le sol enneigé devant son appartement londonien. Personne ne sait avec certitude si elle a sauté, est tombée ou a été poussée. Une autre habitante de l'immeuble affirme avoir entendu une dispute entre Lula et une autre personne quelques instants avant la mort, mais elle est discréditée par sa consommation de cocaïne plus tôt dans la soirée. Le célèbre petit ami de Lula, Evan Duffield, s'inscrit en cure de désintoxication à la suite de l'annonce de sa mort. Sans autre explication plausible et compte tenu des problèmes de santé mentale de la victime, la police s'accorde à dire que Lula Landry s'est suicidée.

Trois mois plus tard, la vie de Cormoran Strike s'écroule. Il est très endetté, sa relation avec sa petite amie Charlotte vient de prendre fin et il n'a plus que son bureau pour vivre. Robin Ellacott est l'intérimaire enjouée et récemment fiancée qu'une agence a envoyée travailler pour lui. Elle se glisse avec aplomb dans son rôle dans ce bureau peu conventionnel, empruntant du café dans un bureau voisin pour donner à l'agence de détectives privés de Cormoran un vernis de respectabilité lorsqu'un nouveau client, John Bristow, se présente. Bristow est le frère adoptif de feu Lula Landry et pense que sa sœur a été assassinée. Cormoran doute sérieusement de cette théorie, mais accepte néanmoins l'affaire dans l'espoir que cela puisse alléger ses difficultés financières.

Cormoran fournit des informations au policier Wardle en échange du dossier Lula Landry. Wardle se montre sous le charme de Deeby Mac, le célèbre rappeur qui a écrit des textes sur Lula et qui était censé habiter l'appartement situé en dessous du sien la nuit de sa mort. Cormoran commence à interroger d'autres personnes liées à l'affaire, notamment Derrick Wilson, le gardien de l'immeuble qui a été absent pendant 15 minutes cruciales pour cause de maladie la nuit de la mort de Lula, et Kieran Kolovas-Jones, le chauffeur de Lula, avide de gloire. Kolovas-Jones dit à Cormoran qu'il l'a vue serrer un papier bleu le jour de sa mort, dont elle a discuté avec son amie Rochelle Onifade. Cormoran est aidé dans ses investigations par Robin, qui se révèle être une assistante perspicace et dévouée. Tous deux décident de supprimer l'agence d'intérim afin que Cormoran puisse se permettre d'employer Robin un peu plus longtemps.

Cormoran interroge Tansy Bestigui, la (future) ex-femme du producteur de films Freddie Bestigui et le témoin qui prétend avoir entendu Lula se disputer avec quelqu'un avant sa mort. Cormoran n'est pas convaincu par la majeure partie de son histoire, mais il la croit lorsqu'elle lui assure avoir entendu Lula crier « Il est trop tard, je l'ai déjà fait » (p. 48), suivi d'un homme la traitant de « putain de salope menteuse » (*ibid.*), même s'il a été établi qu'elle ne pouvait pas avoir entendu cela de son appartement. Lorsque Cormoran organise un déjeuner avec John Bristow pour le mettre au courant, il se retrouve face à face avec Tony Landry, l'oncle de Lula, à la place. Il apprend que Landry n'aimait pas sa nièce, la jugeant gâtée et ingrate. Tony Landry est évasif quant à l'endroit où il se trouvait le jour de la mort de Lula et n'explique pas suffisamment le fait que Lula ait essayé de l'appeler sans arrêt l'après-midi même.

ROCHELLE ONIFADE

Cormoran et Robin se rendent chez Vashti, un magasin de vêtements coûteux que Lula a visité le jour de sa mort avec son amie, Rochelle Onifade. Elle n'y a passé qu'un quart d'heure et a passé un coup de fil dans les vestiaires. Robin se fait passer pour un client afin de soutirer des informations au personnel, et nous apprenons que Lula suppliait quelqu'un au téléphone de venir la voir – le personnel suppose qu'il s'agit d'Evan Duffield. Robin se met à la recherche de Rochelle Onifade tandis que Cormoran demande à un ami féru de technologie de pirater l'ordinateur portable de Lula, qui lui a été donné par John Bristow.

Cormoran va à la rencontre de Rochelle après que Robin ait brillamment réussi à la localiser. Il la persuade de parler en lui offrant de la nourriture, et elle lui dit fièrement qu'elle était la seule personne en qui Lula avait entièrement confiance. Lula lui a même acheté un téléphone et a payé sa facture, car elle pensait que Rochelle était la seule personne de son entourage qui ne vendrait pas d'histoires à la presse. Rochelle porte des vêtements de marque malgré sa faim apparente et dissimule clairement des informations à Cormoran. Ce dernier l'entend s'arranger pour rencontrer quelqu'un et l'informe qu'elle pourrait être menacée par le tueur de Lula.

Cormoran rencontre Guy Somé, un créateur de mode qui était très surprotecteur de Lula, sa muse. Il dit à Cormoran que Lula ne se serait pas suicidée et désigne Evan Duffield comme le tueur probable. Il s'arrange pour que Cormoran rencontre Ciara Porter, l'amie mannequin de Lula, et Bryony Radford, une maquilleuse qui a maquillé Lula le jour de sa mort. Cormoran reçoit l'ordinateur de Lula de la part de son contact et apprend que des photos ont été effacées de celui-ci après sa mort. Il retourne à l'immeuble de Lula et l'agent d'entretien d'Europe de l'Est lui dit dans un anglais approximatif que Tansy Bestigui ment sur quelque chose. Il interroge la mère biologique de Lula, Marlene Higson, mais ne parvient pas à confirmer l'identité de son père biologique.

Cormoran boit jusqu'à l'oubli après avoir appris que son ex, Charlotte, est fiancée. Robin le raccompagne avec tact du pub et lui met une alarme pour le lendemain afin qu'il ne manque pas ses rendez-vous avec Bryony Radford et Ciara Porter. Bryony apparaît comme un témoin bavard et peu fiable. Ciara Porter confirme à Cormoran que Lula lui a dit qu'elle laissait tout à son frère, mais elle est incapable d'expliquer sa détresse le jour de sa mort, ni de donner une raison pour laquelle elle aurait voulue se suicider. Elle prend la défense d'Evan Duffield et emmène Cormoran le rencontrer. Evan dit à Cormoran qu'il a lu un des e-mails de Freddie Bestigui, dans lequel sa femme Tansy menaçait de dire à la police où elle se trouvait réellement lorsque Lula est morte, à moins qu'il ne lui donne plus d'argent dans leur accord de divorce. Cormoran et Ciara terminent la nuit en faisant l'amour.

Pendant ce temps, Robin enquête sur les recherches de Lula sur le professeur Josiah Agyeman. Une photographie montre qu'il a de grandes oreilles, ce qui coïncide avec la description du père de Lula faite par Marlene Higson. Agyeman est mort cinq ans auparavant mais il a un fils qui est actuellement dans l'armée. Robin s'est également infiltré pour essayer de confirmer les déplacements de Tony Landry le jour de la mort de Lula, mais il ne peut pas expliquer son voyage à Londres au milieu d'une visite à Oxford pour une conférence. Cormoran est maintenant convaincu que Lula a été assassinée. Il est appelé pour identifier un corps qui a été repêché dans la Tamise avec ses coordonnées dans sa poche. Il se rend à la morgue et identifie le corps de Rochelle Onifade.

LE MEURTRIER DÉVOILÉ

Cormoran est frustré par Wardle et le chef de la police Carver, qui s'en tiennent à la théorie du suicide de Lula Landry. Cormoran leur dit qu'ils ont fondé leur affaire sur les mensonges de Tansy Bestigui et que le tueur pourrait bien frapper à nouveau s'ils ne l'arrêtent pas. Il parvient à convaincre Wardle de suivre certains détails et prend contact avec un contact de l'armée pour tenter de découvrir l'identité du fils soldat d'Agyeman. Cormoran demande à Robin de ne pas s'impliquer dans l'affaire, car il craint que des dangers ne l'attendent alors qu'il se rapproche du tueur.

Cormoran se rend ensuite chez Freddie Bestigui et explique qu'il sait que Freddie a jeté Tansy sur le balcon par des températures négatives cette nuit-là pour la punir d'avoir pris de la cocaïne. Freddie a forcé Tansy à ne pas le dire à la police afin d'éviter d'être accusée de violence domestique. C'est ainsi que Tansy a pu entendre la dispute entre Lula et son assassin. Cormoran dit à Freddie qu'il a aidé le meurtrier de Lula à s'en sortir et qu'il serait bien inspiré de dire la vérité et de coopérer afin de recevoir une peine moins lourde pour détournement de justice. Freddie n'avoue rien, mais il est clairement ébranlé par ce qu'il a entendu et croit Cormoran lorsqu'il dit que Tansy va très probablement changer son histoire et désigner Freddie comme un mari violent.

Cormoran rend visite à la mère adoptive de Lula, Lady Yvette Bristow, en phase terminale. Il s'entretient avec elle alors que John Bristow ne peut se rendre à la réunion et a interdit que sa mère soit interrogée seule. Cormoran apprend que Lady Bristow est accro au Valium, ce qui fait d'elle un témoin peu fiable. Lady Bristow raconte à Cormoran que Tony Landry avait une très mauvaise opinion de Lula, et que le jour de la mort de Lula, elle, Lady Bristow, a peut-être dit à sa fille adoptive, certaines de ces terribles choses – elle ne peut pas en être sûre parce qu'elle a pris du Valium. Lorsque Lady Bristow s'endort, Cormoran fouille dans son armoire et trouve le testament manuscrit de Lula. En sortant, Cormoran tombe dans les escaliers, mais parvient à rejoindre Wardle et à le supplier d'obtenir un mandat.

Cormoran retourne à son bureau, où il reçoit la visite de John Bristow, qui est fou de rage à cause de la rencontre non supervisée de Cormoran avec Lady Bristow. Cormoran montre à John la photo du demi-frère biologique de Lula, Jonah Agyeman, et règle subrepticement son téléphone pour enregistrer. Cormoran révèle alors qui a tué Lula Landry : c'est son frère adoptif, John Bristow. John, dans son état de pétrification, feint l'ignorance, mais reste et écoute l'explication de Cormoran sur la façon dont il a appris que John était le tueur. John est allé voir Lula le jour de sa mort pour lui demander de l'argent. Lorsqu'elle a refusé, il s'est caché dans l'immeuble toute la journée, attendant le moment idéal pour retourner dans l'appartement de sa sœur et la tuer. Cormoran était le bénéficiaire le plus probable de la mort de Lula, à condition que le testament manuscrit de Lula, qui laissait tout à Jonah Agyeman, ne soit pas retrouvé. Cormoran révèle également qu'il sait que John a tué son frère adoptif plus âgé, Charlie, il y a des années, par jalousie fraternelle et parce qu'il voulait attirer l'attention de ses parents. Tony Landry savait que John avait tué Charlie – c'est ce que Lady Bristow avait eu du mal à entendre et avait répété à Lula le jour de sa mort. John se jette sur Cormoran avec un couteau, mais Cormoran parvient à le maîtriser.

Après l'arrestation de John Bristow, Cormoran rencontre Jonah Agyeman et lui explique que le mandat qu'il a supplié Wardle d'obtenir était destiné à fouiller le coffre-fort de Lady Bristow, à l'intérieur duquel a été trouvé le téléphone de Rochelle Onifade. Il achète à Robin une robe de Vashti pour la remercier, et elle lui dit en larmes qu'elle ne veut pas partir. Ils parviennent à un salaire que chacun d'entre eux peut à peu près accepter, et Robin décide joyeusement de rester.

ÉTUDE DE CARACTÈRE

CORMORAN STRIKE

Cormoran Strike est un détective privé qui a perdu une jambe en Afghanistan alors qu'il travaillait dans la police militaire royale. Il est le fils d'une célèbre rock star, Jonny Rokeby, avec qui il n'a aucun contact, et de la « super-groupe pie » Leda Strike. Sa mère est morte d'une overdose d'héroïne alors qu'il était étudiant à l'Université d'Oxford. Cormoran soupçonne qu'il s'agit en fait d'un meurtre, étant donné que sa mère n'avait jamais pris d'héroïne auparavant. Il a une poignée de demi-frères et de demi-sœurs, dont certains avec lesquels il n'a que peu ou pas de contacts, et d'autres dont il est relativement proche, comme sa sœur Lucy. Au début du roman, il se sépare de sa partenaire, Charlotte, qui se fiance à quelqu'un d'autre quelques semaines après la séparation. Cormoran a du mal à gérer la rupture sur le plan émotionnel et pratique, puisqu'il est obligé de vivre dans son bureau.

Cormoran est perspicace, ingénieux et attentif, en grande partie grâce à sa formation militaire en matière d'investigation. Il est capable de rassembler des détails que d'autres pourraient considérer comme insignifiants et de les utiliser pour découvrir la vérité. Il interroge les personnes liées à l'enquête de manière experte, sachant quand pousser les gens à bout et comment les amener à divulguer des informations. Par exemple, lorsqu'il devine avec justesse que Rochelle Onifade ne mange peut-être pas régulièrement, il parvient à lui soutirer des informations après lui avoir acheté de la nourriture.

Cormoran est le principal moteur de l'intrigue : il accepte l'affaire de John Bristow et accepte d'enquêter sur la mort de Lula Landry, même s'il doute qu'elle ait été assassinée. Il le fait en partie à cause de l'insistance de John, mais surtout parce que lui, Cormoran, est très endetté et a besoin de cette affaire. Sa première approche est quelque peu laxiste, car il ne s'attend pas à trouver quelque chose de nouveau, mais lorsqu'il commence à voir des failles dans l'affaire, il est tenace dans sa quête de justice. Il va même jusqu'à risquer sa propre santé et sa sécurité, notamment en ce qui concerne sa jambe, pour découvrir l'assassin de Lula.

ROBIN ELLACOTT

Robin Ellacott est une jeune femme originaire du Yorkshire qui vit à Londres avec son fiancé Matthew. Elle travaille en tant qu'intérimaire tout en postulant pour des emplois à plus long terme, et bien que sa première impression de Cormoran et de son entreprise soit décevante, elle en vient rapidement à aimer l'excitation du travail d'investigation. Bien qu'on lui propose d'autres emplois mieux rémunérés, elle décide de rester avec Cormoran pour un salaire qu'il peut se permettre, car elle aime le travail de détective. Elle accepte un emploi à plein temps chez Cormoran, même si Matthew le désapprouve clairement.

Le rôle de Robin dans le roman est celui de l'acolyte classique. Elle est littéralement présentée comme le

«Robin» du «Batman» de Cormoran, ce qui explique peut-être pourquoi son prénom ne s'écrit pas de la manière plus typiquement féminine de «Robyn». Elle se montre plus qu'habile dans son rôle et est particulièrement douée pour prendre l'identité d'autres personnes afin d'obtenir des informations. Cormoran remarque clairement qu'elle a de réelles aptitudes pour le travail de détective malgré son manque d'entraînement, et l'encourage parfois à développer ses compétences en lui cachant des informations qu'elle pourrait découvrir par elle-même :

> *« "Oh, je suis presque sûr que je sais où elle [Tansy] était," dit Strike. … "Tu vas pouvoir le découvrir aussi, si tu regardes à nouveau les photos de la police… Ce sera bon pour ta formation de détective." » (p. 357)*

LULA LANDRY

Lula Landry est le catalyseur des événements du roman. Sa mort est classée comme un suicide par la police, mais aucun de ses proches ne pense qu'elle s'est suicidée. Son frère adoptif, John Bristow, demande à Cormoran Strike d'enquêter sur cette affaire afin d'éclaircir une fois pour toutes les circonstances mystérieuses de sa mort. Au fur et à mesure que Cormoran rencontre différentes personnes, il devient évident que Lula était entourée de gens qui l'aimaient beaucoup, mais aussi de personnes qui avaient des raisons de la tuer. Certains personnages la décrivent comme gentille et attentionnée, d'autres comme égoïste et gâtée.

La vie familiale de Lula a été difficile. Elle est née d'une mère pauvre qui l'a donnée en adoption à l'âge de quatre ans. Sa mère prétendait que c'était pour lui offrir une vie meilleure, mais il est aussi fortement sous-entendu que de l'argent a changé de mains. Lula a été adoptée par les Bristow, un couple extraordinairement riche qui avait déjà adopté deux fils. Lula a été adoptée après la mort du fils aîné, Charlie. Lula était animée par le besoin de renouer avec son héritage noir et était obsédée par la recherche de son père. Elle a passé son dernier jour à essayer d'organiser une rencontre avec son demi-frère biologique, Jonah Agyeman, afin de lui annoncer qu'elle en faisait le seul bénéficiaire de son testament.

JOHN BRISTOW

John Bristow est le fils adoptif psychopathe de Sir Alec et Lady Yvette Bristow. Il était l'enfant le moins aimé de ses parents adoptifs. Il n'a jamais été aimé autant que son frère adoptif plus âgé, Charlie, et a été éclipsé par la belle Lula, qui a été adoptée après la mort de Charlie. Le manque d'affection parentale de John, associé à ses tendances psychopathes, l'a conduit à assassiner ses deux frères et sœurs. Il fait avancer l'intrigue en engageant Cormoran Strike pour tenter de faire accuser Jonah Agyeman du meurtre de Lula, mais son refus de donner à Cormoran des informations compromettantes – par exemple, le fait qu'il nie connaître Rochelle Onifade – éveille les soupçons de Cormoran et l'amène finalement à la conclusion correcte que John a assassiné Lula, puis Rochelle. Si John réussit à s'en tirer pendant si longtemps, c'est grâce à son intelligence et à une bonne dose de chance.

TONY LANDRY

Tony Landry est le frère de Lady Bristow et l'oncle de John et Lula. Il critique sévèrement les capacités maternelles de sa sœur et n'aime pas John et Lula, bien qu'il ait toujours eu un faible pour Charlie. Cormoran pense que c'est parce qu'il a vu John tuer Charlie. L'aversion de Tony pour Lula peut être attribuée au racisme, ou au fait qu'elle a agi comme une enfant gâtée. Tony entrave l'enquête de Cormoran en dissimulant des preuves qui révéleraient sa liaison avec Ursula May, la femme de son associé Cyprian. Avocat de métier, il est largement motivé par l'argent et possède un esprit calculateur.

ROCHELLE ONIFADE

Rochelle Onifade a rencontré Lula dans un centre de soins ambulatoires, et les deux femmes sont devenues de véritables amies. Lula faisait confiance à Rochelle, plus que tous ses autres amis, pour ne pas vendre des articles sur elle à la presse. Rochelle était sans domicile fixe et, bien qu'elle n'ait pas vendu d'articles sur Lula, elle a tenté de faire chanter John Bristow sur l'existence du demi-frère de Lula, Jonah Agyeman (que Rochelle pensait être le tueur). Son plan s'est retourné contre elle car John s'est avéré être le véritable tueur et l'a réduite au silence afin que les Bristow héritent de la fortune de Lula. Rochelle est présentée comme une personne avide d'argent et n'est pas appréciée par la plupart des autres amis et de la famille de Lula.

FREDDIE BESTIGUI

Freddie Bestigui est un producteur de films lubrique qui vivait dans le même immeuble que Lula. Il était obsédé par le fait d'essayer d'entrer dans un film, et s'intéressait aussi à elle sexuellement. Il est physiquement violent avec les femmes de sa vie et doit généralement payer ses ex-femmes lors des divorces afin de préserver sa réputation. En guise de punition, il enferme sa femme Tansy sur leur balcon glacial, puis la pousse à mentir à la police pour qu'il ne soit pas accusé de violence domestique. Cela permet à l'assassin de Lula de s'en tirer avec un meurtre, et de tuer à nouveau, car la police a conclu au suicide en se basant sur les mensonges de Tansy.

ANALYSE

LE GENRE « WHODUNNIT

The Cuckoo's Calling est conforme à la sous-section
« whodunnit » (une élision de « who had done it ») du
roman policier à bien des égards. Le genre est généralement associé à des enquêteurs semi-professionnels et se
retrouve le plus souvent dans des romans dans lesquels
le lecteur peut s'immerger et essayer de découvrir le
coupable en même temps que le protagoniste détective.
Pour ce faire, des indices sont soigneusement placés
tout au long du roman, ce qui permet aux lecteurs particulièrement perspicaces d'identifier le coupable. Parmi
les exemples d'indices de ce type dans *L'appel du coucou*,
citons les remarques de Cormoran à John Bristow selon
lesquelles il (John) a tout à gagner financièrement de la
mort de Lula, en particulier après la mort de sa mère.
Cela établit un motif financier pour John d'assassiner
Lula. Un autre indice est la suppression des photos de
l'ordinateur de Lula après sa mort. John est l'une des
rares personnes à y avoir eu accès, ce qui, ajouté à ses
motivations susmentionnées, en fait le suspect le plus
probable.

S'il devait être possible pour le lecteur d'identifier le coupable avant le point culminant du roman, cela ne devrait
certainement pas être facile. En fait, cela ne devrait être
possible que pour les lecteurs les plus perspicaces, qui
possèdent des capacités de déduction comparables à
celles du détective protagoniste qui est généralement,

comme Cormoran Strike, très doué dans l'art de l'investigation. Pour cette raison, le tueur est normalement la dernière personne que l'on soupçonne. L'exemple le plus célèbre de ce phénomène est sans doute celui du *Meurtre dans l'Orient Express* d'Agatha Christie. John Bristow semble être le candidat le plus improbable pour l'assassin de Lula, étant donné qu'il est à l'origine de l'enquête sur le prétendu suicide de la jeune femme, enquête qui aboutit finalement à sa propre perte. Son insolence, son arrogance et sa nature psychopathe font qu'il ne se contente pas de s'en tirer avec un meurtre; il doit comploter et manigancer pour faire porter le chapeau à quelqu'un d'autre et, entre-temps, s'assurer qu'il est le seul bénéficiaire de la fortune de Lula. Sa nature apparemment douce et sa sincérité apparente rendent cette révélation extrêmement choquante.

Une autre façon dont *L'appel du coucou* se conforme au genre «whodunnit» est le large éventail de suspects potentiels. Dans les cas de féminicides, la police a tendance à se tourner d'abord vers le mari ou le petit ami. Evan Duffield est suspect: il a clairement du caractère, il consomme des drogues qui modifient le comportement et il était jaloux que Lula se trouve dans le même immeuble que Deeby Mac. De plus, il porte habituellement un masque de loup pour cacher son identité aux paparazzi, ce qui jette un doute sur ses mouvements et ses allées et venues la nuit de la mort de Lula. Les faux-fuyants de ce type sont généralement utilisés pour mettre le lecteur sur la piste du véritable meurtrier. Un autre exemple dans *Le chant du coucou* est le refus de Tony Landry de révéler ses allées et venues dans les heures précédant la mort de Lula. Il cache en fait une liaison, mais jusqu'à ce que cela soit révélé, sa dissimulation des faits le fait paraître coupable. Un autre suspect est Freddie Bestigui, qui a l'habitude d'être violent dans ses relations. Dans ce cas, ses mensonges couvrent sa violence envers une femme – mais la femme en question n'est pas Lula, mais sa femme Tansy, qu'il a enfermée dehors sur leur balcon par des températures négatives. Tous ces suspects servent à détourner l'attention du lecteur du véritable tueur, John Bristow.

CLASSE

De nombreux personnages secondaires de *L'appel du coucou* appartiennent aux plus hautes sphères de la société londonienne. La présentation de ces personnages de la classe supérieure est essentiellement négative. Ils sont largement présentés comme vaniteux, égoïstes, calculateurs, froids et, dans certains cas, carrément cruels. L'exemple le plus évident est celui de John Bristow, qui a tué Lula en partie pour des raisons financières. Un autre exemple de personnage négatif de la classe supérieure est Freddie Bestigui, qui abuse des femmes et les paye ensuite afin de maintenir sa réputation, ce qui lui permettra de faire du mal à d'autres femmes. Lorsque Cormoran lui explique que ses tentatives de dissimuler ses abus ont permis à l'assassin de Lula de s'en sortir, il ne montre aucun signe évident de remords. Son seul intérêt est de limiter les dégâts : il veut éviter la prison, maintenir sa réputation et conserver sa fortune. Dans un registre moins sérieux, les milléniaux huppés Ciara

Porter et Evan Duffield sont dépeints comme pétulants et méchants, même si leurs fautes ne s'apparentent pas à un meurtre ou à un détournement de justice. Galbraith se moque même des modes d'expression des personnages les plus riches, en particulier de Tansy Bestigui, qui se laisse facilement influencer par l'argent pour mentir à la police et qui a tendance à dire « yah » (p. 144) au lieu de « yeah ». Sa prononciation de certains mots est soulignée afin que le lecteur puisse s'imaginer son discours exagéré de manière plus vivante : « 'Tu es vraiment' (elle prononce « *rarement* ») le fils de Jonny Rokeby?' ». (p. 142).

En revanche, les personnages issus de milieux moins privilégiés sont généralement décrits sous un jour beaucoup plus favorable. Un exemple en est Cormoran lui-même qui, malgré les millions de son père, est déterminé à lui rembourser un prêt et est, pour autant que nous le sachions, autodidacte. Sa relation désastreuse avec Charlotte, plus huppée, semble s'être désintégrée parce qu'elle le traitait comme un simple jouet (bien qu'il y ait, bien sûr, deux côtés à chaque histoire). Robin est originaire du Yorkshire, elle est brillante, travailleuse et a les pieds sur terre. Elle décide de continuer à travailler pour Cormoran, même si elle pourrait obtenir un salaire beaucoup plus élevé ailleurs, car elle aime son travail, qui est plus important pour elle que l'argent. Même Rochelle, qui, il est vrai, s'est transformée en l'image que les autres se font d'elle en tant qu'avare après la mort de son amie en faisant chanter John, est la seule des amies de Lula à réussir son test de loyauté (Lula a raconté à chacune de ses amies des versions différentes de la même histoire; celle de Rochelle est la seule à ne pas avoir été publiée dans les journaux). Enfin, l'agent de sécurité Derrick Wilson apparaît comme sérieux, sympathique et, surtout, désireux d'aider Cormoran dans son enquête, non pas pour un quelconque gain financier, mais parce qu'il aimait sincèrement Lula. L'argent est clairement le moteur des motivations de la plupart des personnages les plus riches, et Galbraith les juge très clairement pour cela.

ABUS DE DROGUES

La toxicomanie occupe une place importante dans *L'Appel du Coucou*. Elle est présentée comme la cause des problèmes et, pour quelques personnages, comme la solution à leurs problèmes. Elle est aussi, et c'est crucial, décrite comme détruisant la capacité du consommateur à servir de témoin fiable dans un tribunal, notamment dans le cas de Tansy Bestigui. La police ne la croit pas parce qu'elle a manifestement pris de la cocaïne le soir de la mort de Lula. Il s'agit d'un tournant dans le roman : la conclusion erronée de la police concernant le suicide, qui conduit John Bristow non seulement à s'en tirer (temporairement) avec un meurtre mais aussi à tuer Rochelle, dépend du rejet du témoignage de Tansy. Il est également remarquable que dans ce cas de consommation de cocaïne, la police décide de ne pas porter plainte contre les Bestiguis, malgré l'illégalité flagrante de la possession de cocaïne. Aucun des autres personnages riches qui consomment de la drogue, comme Evan Duffield, ne subit de conséquences juridiques ou de baisse de statut en raison de leur abus de substances. En revanche, Marlene Higson décrit les nombreuses difficultés sociales qu'elle a rencontrées dans sa vie comme provenant en partie de sa « dépendance » (p. 290).

Lady Bristow, quant à elle, parvient à maintenir un mode de vie relativement confortable malgré une dépendance au Valium, dont elle a reçu trois ordonnances de trois médecins différents (là encore, sans encourir aucune conséquence juridique). Marlene fait allusion à la différence du traitement que subissent ces deux femmes issues de deux classes sociales différentes, qui ont Lula en commun :

> *« La mère est une vraie salope enragée. Oh ouais. Des pilules. Elle prend des pilules. Ces putains de riches salopes prennent des pilules pour leurs putains de nerfs. »* (p. 288)

La dépendance au Valium indique à Cormoran ce qu'il doit savoir : que Lady Bristow serait considérée comme un témoin totalement non fiable, et qu'elle ne serait donc pas en mesure de mentir pour protéger son fils restant, même si elle le voulait. Dans ce cas, un témoin toxicomane joue contre John Bristow, plutôt qu'en sa faveur comme dans le cas de Tansy Bestigui. Si la dépendance de Lady Bristow au Valium et à d'autres types d'analgésiques s'explique en partie par son opération et sa maladie en phase terminale, sa dépendance de longue date sert peut-être de mécanisme d'adaptation. Malgré la poursuite de sa relation avec John, le fait qu'elle n'ait que des photos de Charlie et de Lula sur sa table de chevet suggère qu'elle pensait peut-être que la théorie de son frère selon laquelle John a tué Charlie avait une part de vérité. Les pilules ont peut-être mis à rude épreuve la relation de Lady Bristow avec Lula – Guy Somé a également commenté le penchant de Lady Bristow pour le Valium – mais elles ont probablement rendu sa vie tragique supportable.

POURSUITE DE LA RÉFLEXION

QUELQUES QUESTIONS À MÉDITER...

- Comment le roman construit-il la tension et crée-t-il le suspense? Donnez des exemples.
- Le point culminant du roman est-il prévisible? Pourquoi/pourquoi pas?
- Qualifieriez-vous *The Cuckoo's Calling* de thriller? Pourquoi/pourquoi pas?
- Discutez du rôle que joue la mémoire dans le roman.
- Pensez-vous que John Bristow est intrinsèquement psychopathe, ou un produit de son éducation?
- *L'appel du coucou* est-il un roman féministe? Discutez-en relation avec les personnages féminins du roman.
- Comparez *L'appel du coucou* à son adaptation télévisée, *Strike : L'appel du coucou*.
- Comparez *L'appel du coucou* à un autre roman policier/meurtre mystérieux que vous avez lu.

AUTRES LECTURES

ÉDITION DE RÉFÉRENCE

- Galbraith, R. (2013) *L'appel du coucou*. Londres : Little, Brown.

ADAPTATIONS

- *Strike : L'appel du coucou*. (2017) [série télévisée]. Michael Keillor. Dir. Royaume-Uni : Brontë Film and Télévision.

lePetitLittéraire.fr

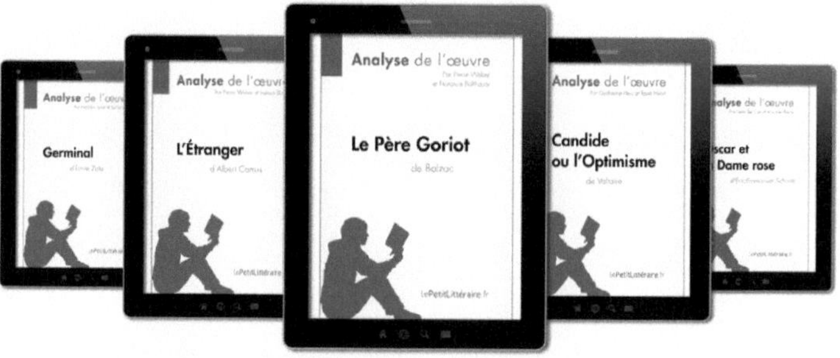

- des analyses de livres
- des fiches de lectures
- des commentaires littéraires
- des questionnaires de lecture
- des résumés

**Retrouvez
notre offre complète sur
lePetitLittéraire.fr**

L'éditeur veille à la fiabilité des informations publiées,
 lesquelles ne pourraient toutefois engager sa responsabilité.

© **LePetitLittéraire.fr, 2023. Tous droits réservés**

www.lepetitlitteraire.fr

ISBN version numérique : 9782808684262
ISBN version papier : 9782808685061
Dépôt légal : D/2023/12603/1006

Conception numérique : Primento,
le partenaire numérique des éditeurs.